문학사계시인선 · 056

김순심 시집

도마 소리에 배부른 항아리

김순심 시집

도마 소리에 배부른 항아리

문학사계

그날의 설렘, 다시 찾아온 가을

나의 글쓰기의 시작은 중학교 1학년 때부터였다. 전남 나주에서 어린 딸을 서울로 유학 보낸 아버지는 편지를 주고받는 일에 낙을 삼으셨다. 두근거리는 가슴을 진정시키며 아버지가 보낸 편지봉투를 뜯으면 첫 구절은 언제나 "사랑하는 내 딸 순심아 보아라."로 시작되었다.

부모와 떨어져 외롭게 지내던 나에게 아버지의 편지는 허약한 나를 따뜻이 안아 주셨다. 아버지의 사랑으로 성숙해진 것 같고 세상을 살아가는 용기를 얻은 것 같다.

나의 글쓰기는 어린 날 부모님과 헤어져 지낸 외로움이 아직도 얼음장처럼 차갑게 가슴에 남아있다. 그 차가움을 서서히 데우기 위한 작업이었던 것 같다.

고등학교 3학년 가을날 부모님이 보고 싶어 무작정 호남선 기차를 탔다. 차창 밖으로 펼쳐지는 주황색으로 물든 감이 파란 하늘과 어찌나 잘 어울리던지 그날의 풍경을 잊을 수가 없다. 시 쓰기는 나에게 고통이기는 하지만 그날의 설렘을 가져다준다.

시집을 출간한다고 생각하니 부끄러움이 밀려온다. 부족함이 많은 글이라서 많이 망설였는데 남편이 잘 썼다고 용기를 주어 힘을 내본다. 늘 칭찬해 주시는 어머니께 선물하게 되는 게 가장 기쁘다.

하늘나라에 계신 아버지도 내 딸 장하다고 기뻐하실 것 같다. 시집 출간이 처음 문학을 대했을 때 수줍었던 순간을 새삼 떠올리게 한다. 그 마음을 오래 간직하고 싶다. 내 삶의 순간순간 가족이 문우가 도반이 친구가 있어 힘이 나고 행복했다. 생각하면 참 많은 사랑을 받았다. 받은 사랑을 돌려주는 삶이 이어지기를 바란다.

2023년 가을
김순심 글

차 례

제2부 | 두 바퀴 세상

제1부

참깨밭에 내리는 햇살

소금

임자도 해변에서
태양열을 받아
찬란하게 빛나는
바다의 입방체였다.

넘치는 젊음을
햇볕에 내어준 뒤
짠 맛으로 살아남아
짤그락 짤그락 영글어 갔다.

수많은 시간을 묵묵히 견디고
다시 태어나
없어서는 안 될
소중한 존재

인류의 기도는
세상의 소금이 되는 길이다.

항아리

배가 부른 항아리에
구름이 빗방울로 내려와
물을 채워 놓고 간다.

그 속을 들여다 보면
낯익은 얼굴 하나
그윽하게 닮아 있다.

하늘 하늘
구름을 따라가면
그리운 얼굴
행여 만날 수 있을까.

어머니

메말라 가는 고로쇠나무
옆구리 상처가 점점 커진다.

대지에 물이 오르기도 전에
숨을 헐떡이며
온몸으로 물을 빨아들인 나무는
어머니의 젖처럼
달착지근한 물을 선물한다.

어머니의 젖줄로
자란 우리
윤기 자르르 오를수록
어머니 팽팽하던 피부는
고로쇠나무에 호스를 꽂아
수액을 받아내듯이
해마다 탄력을 잃어갔다.

철없는 자식들은
병원에서 수많은 링거를 꽂고 계신
어머니를 짐으로 알았다.

우리에게 모든 것을 주고
앙상한 삭정이로 메말라 떠나셨다.

겨울나무

무성하던 잎들
바람에 날리고
앙상한 뼈만 남았다.

속을 비운 뼈는
찬바람에 노출된 정강이
쓰리고 아픈 나무 끝으로
가늘게 이어진 혈관들
끊어지지 않으려고 붙들고 있다.

꼿꼿한 자세로
눈길 한 번 허투루 주지 않은 채
땅심에 힘을 모아
혹독한 계절을 견딘다.

수술을 마치고 요양 중인
겨울나무 한 그루
다시 피어날 날을 기다린다.

누렁소

엄마는 앓아 누우셨다.

10년을 가족과 함께한
살림 밑천 1호인 우리 집 누렁소는
트럭에 실리지 않으려고 몸부림쳤다.

차가 출발하자
소는 크게 한 번 소리치고
사방을 둘러보더니
큰 눈에 물기가 고였다.

딸아이 중이염이 뇌까지 파고들어
머리가 아프다고 펄펄 뛰자
큰 병원에 가려고
우리 집 누렁소를 팔아야 했다.

우리 가족은 기도했다.

동생이 수술을 잘 받게 해달라고
우리 집 누렁소가
다음 생에 극락왕생하게 해달라고.

놋대야

부모님의 유산이라 그러는지
겉은 차가워도 속은 따뜻하다.

대야에 물을 담고 들여다보면
할머니 아버지 얼굴이 떠오르고
보물인 양 반질반질 닦아대던
어머니의 젊은 날도 보인다.

로맨티스트였던 할머니
대야 물에 손 적시어 머리에 바르고
얼레빗 참빗으로 곱게 빗어 넘겨
얌전한 가르마 정갈하게 타셨다.

밖으로만 돌던 아버지
일이 잘 풀리지 않을 때면
애꿎은 대야를 걷어차곤 하셨지

그 소리에 긴장한 우리 형제들
엄마 품속으로 파고들어
숨 고르던 기억을 더듬어 간다.

이제는 내 곁에서
지나간 시간을 숨 고르는 중이다.

선풍기

첫 아이 임신했던
그 해 여름
슬레이트 지붕 열 받은 방에서
땀을 흘리며 살았다.

군인 월급으로는
감당하기 힘든 생활에
숨이 막혀도
그때 선풍기는 너무 비쌌다.

바람 없는 나날들
수많은 땀방울을 쏟아내며
얼굴에 기미가 끼었을 때
태어난 아들아이가
시원한 바람을 데리고 왔다.

남편이 뒤늦게
친구에게 돈을 빌려
마련한 바람 기계
흔한 가전제품이 아니라
빛나는 추억의 선풍기.

지금까지 남아서
서늘한 바람을 일으키며
아름다운 가난을 떠오르게 한다.

세월이 흘렀어도
여전히 잘 돌아가는 추억의 재산.

커피 향이 흐르는 화장장

유리창 너머로
마지막 남은 뼈가
하얗게 보였다.

울다가 쓰러진 모녀의 안색도
뼈처럼 하얗게 변했다.

기계 돌아가는 소리 들들들
한 줌 가루로 유골함에 담긴다.

모녀는 또 울다 가루처럼 쓰러진다.

너무나 갑작스런 죽음에
꿈인지 생시인지 구분이 안 되는데
하염없이 내리는 빗속에서
받아든 유골함에 온기가 남아있다.

납골당으로 향하는 길은
저승사자와 동행하는 길
진한 커피향이 흐르며
검은 악마처럼 유혹한다.

죽음이란
한줄기 커피 향처럼
진하게 스미는 삶의 향기인가.

고향 사람 1

고향 사람을 만나는 일은
시린 가슴을 덥히는 일

오래 잊고 지내던
보물을 꺼내 보는 일

마주 앉아 바라보고 있으면
지난날
그의 부모님 모습이 떠오르고
다정한 목소리가 들려온다.

타임머신을 타고
시간을 거슬러 올라가는
연어처럼 모천의 소중함을 깨우친다.

세상이 아무리 변해도
고향 사람을 만나면
아궁이 속 꺼지지 않는 불씨가 타올라
냉가슴 냉돌방을 데운다.

고향 사람 2

오랜만에 만난 고향 친구와
밤새워 이야기꽃을 피우며
지난 시절을 회상한다.

그 시절엔 가난했지만
마음만은 푸근했었다고

그때 즐겨 먹던 음식이
지금은 웰빙 식품이 됐다고
식탁에 마주앉아
서로의 얼굴을 바라보며 웃는다.

그동안 잊고 지냈던
동네 사람 소식만 들어도
떠오르는 순박한 미소가
고향의 가을을 데불고 온다

참깨

가장 뜨거울 때 터트리는
가장 고소한 맛

비바람 불어와도 상하지 않게
서로 기대고 서서
고난을 이겨내었다.

햇볕 좋은 날
온몸으로 바람을 받으며
마침내 입을 열 때

타닥타닥 소리도 경쾌하게
터져 나오는 생명의 씨앗들

한 알 한 알 너무도 소중하여
행여 튈세라
안으로 안으로 모은다.

작고 뽀얀 알맹이들
수북이 함지박에 담기면
달처럼 환해지는
농부의 얼굴을 닮는다.

시래기

흑백사진처럼 정지되어 있다.

한때 청청했던 모습이
비바람에 시들고 바래어
찬바람 불고
모진 서리 내려도
꿋꿋하게 견디어
제철을 맞이하게 되었다.

뽀얀 살은 미련 없이 내어주고
처마 밑에 걸려 시들어도
마음은 담담한 은인隱人

보시普施 공양供養의 주인이 되고 있다.

수수 모가지

바람이 불지도 않은데
수숫대가 흔들린다.

자세히 살펴보니
참새들이 앉아 쪼아대고 있다.

이제 막 여물기 시작하는
여린 수수
빨간 털이 보송보송한 이삭이
얼마나 상처를 받았을까.

남은 알곡이라도 건지려면
모가지에
빨간 망 자루를 씌워야 한다.

죽음을 기다리는 죄수인 양
바람과 햇빛을 제대로 받을 수 없으니
얼마나 갑갑할까.

장맛비를 맞고 태풍을 견디며
잘 영글어 알알이 맺힌 분홍빛 알맹이
익을수록 고개 숙인 수수 모가지!

꽃잎

꽃잎이 손바닥에 내려앉아
나른하던 일상에 파문을 일으킨다.

꽃이 피었다 지는지도 모른 채
정신없이 사는 나를 깨운다.

진해에서 보내던 신혼시절
피어나던 수많은 꽃잎들
미래의 삶이라 여기며
꽃길만 펼쳐지리라 기대했었지

소나기를 만나고
천둥 번개도 만나니
제 몸 하나 추스르기도 힘들어
꽃피우기를 잊었던가.

여린 꽃잎이 잠들었던
감성을 일깨운다
꽃 한 송이 아름답게 피워 보자고
마음을 다잡으며 바르르 떤다.

축제

지난 밤 내린 봄비에
나무들이 말끔히 샤워를 했나 보다.

겨우내 묵었던 때를 벗겨내고
산뜻한 모습으로 인사를 하나 보다.

지난겨울 혹독한 추위에
죽은 줄 알았던
영산홍이 환한 미소로
축제를 준비한다.

그래, 봄이다.
내 인생의 축제를 위해
새싹처럼 파릇하게
꽃처럼 화사하게

마음의 갈등을 내려놓고
새처럼 바람처럼
자유롭게 날아올라
봄의 소리 왈츠를 추자.

목련

오랫동안 기다려 반려자를 만난
웨딩드레스에 화사한 새색시처럼
방긋 피어나는 꽃봉오리

차가운 겨울을 숨죽이며
참고 견디더니
찬란한 햇빛을 받아 눈이 부시다.

신혼의 달콤함에 취해 있을 때
심술궂은 꽃샘바람 시샘하며
꽃잎을 떨어뜨리려 해도
순백의 사랑으로 지켜낸다.

감꽃

투박한 세상에 떨어지면서도
언제나 따뜻한 꿈을 꾼다.

이른 아침마다 장독대에
하얗게 떨어진 꽃
달콤 쌉싸름한 맛을 보며
실에 꿰어 목에 걸면
공주가 된다.

감꽃이 필 때
아버지 팔에 조롱조롱 매달린 어린 자식들
이제는 따뜻한 꿈을 꾼다.

만추晩秋

저물어갈수록
그림자는 길어지고
추풍낙엽은 몸서리를 쳤다.

세월이 가는데
언제 철이 드느냐고
모과까지 달랑달랑 비웃더라.

겉은 볼품이 없어도
단단한 그 속에
약재 가득한 모과가
향기를 숨긴 채 말한다.

가을은 깊은데
언제 철이 드느냐고.

모과

여름 천둥 먹구름이 지나자
가을 고운 빛깔 자태가 드러난다.

하늘을 우러러 부끄럼 없이
단단하게 응어리진 열매
너는 주먹을 불끈 쥐고
외적의 침략에 당당하게 맞서는
의병을 닮았구나.

목장갑 끼고 마음을 다잡고
너에게 다가가지만
칼로도 베긴 힘들어
조용히 기다리기로 했다.

기다림에 대한 보답으로
맑고 청정한 향기 은은하게
내 곁으로 다가오리라.

가을

대지 위에 살포시
감잎이 내려앉는다.

뜨거운 태양을 밀어내고
순한 바람 몰고 와
초록으로 무성했던 산야에
오색 물을 들인다.

내 가슴에도 살랑살랑
가을바람 들어와
뜨거운 욕망을 식혀
물들이는 중이다.

장독대 위에 날아온
감잎에 스며든
가을은 어느새
감나무 가지마다
수많은 햇덩이를 수놓는다.

제2부

두 바퀴 세상

이삿짐

이사할 때는
추억을 주섬주섬 챙겨 담는다.

젊음도 담고
하찮은 물건에도 정이 배어
버리지 못하고 주워 담는다.

모두 버리고
새집에 맞는 살림을 차리라고 하지만
오래 함께한 세간을 버리지 못한다.

낡은 장롱 안
지금은 작아져 몸에 들어가지도 않는
신혼여행 때 입었던 실크 블라우스엔
제주도 유채꽃 향기가 배어
보기만 해도 코끝이 찡해지고

결혼식 날 신랑이 맨
빨강바탕에 하얀 점무늬 넥타이에는
늠름하고 듬직했던 젊은 기상이 담겨 있어
그날의 희망에 새삼 설레인다.

시어머니께서
종갓집 며느리는
장을 잘 담가야 한다며 건네주신
배가 불룩한 항아리도
들어올릴 때마다 조심조심
시어머니 대하듯 귀하게 모셔간다.

밭뙈기

이 땅에 온갖 것 다 심고 가꾸신
시어머니의 일생이 담겨있네.

일곱 자식들 굶기지 않기 위해
허리 한 번 시원하게 펴지 못하는 동안
손등이 가뭄 탄 밭처럼 거칠어지셨네.

자식들 입에 밥 들어가는 게
가장 큰 행복이라는 말씀은
이제 며느리의 차지가 되었네.

어머니의 분신 같은 다섯 시누이는
자신들에게 물려줄 줄 알았던 밭을
며느리에게 물려 주었다고
병든 어머니를 외면했네.

손바닥 만한 밭뙈기 때문에
외로우셨던 어머니의 말년
하늘 한 번 쳐다보지도 못하고
동고동락한 땅이 어머니의 전부였네.

흔적

빛바랜 사진 속에
젊은 날 흔적이 남아 있다.

시어머니를 모시고
진해로 불국사로 여행할 때
새색시처럼 화사하게 피어있던 벚꽃
부곡 하와이 온천탕의
따스한 기억이 남아 있다.

시어머니 앞이라 부끄러워
몸을 웅크리고 조심스레 물을 끼얹을 때
내 뒤에서 등을 밀어 주시던
어머니의 손과
돌아앉아 어머니 등을 밀어드리던
내 여릿한 손

주고받던 그날의 온기가 살아나
눈시울이 뜨거워진다.

바쁘게 돌아가는 일상에 묻혀
잊고 지냈던 지난날들
한 장의 사진으로 살아나
쓸쓸한 가슴 자락을 덥힌다.

텃밭 식구

텃밭에 애호박
손을 뻗어 따려 하니
솜털이 오소소 일어나
긴장감이 팽팽하다.

매끈하고 순하게 생긴 가지
함부로 쉽게 따려다
꼭지에 찔려 피가 흐른다.
상처가 한참 가겠다.

투박하게 꼬부라진 오이
까칠까칠한 가시가 살에 박혀
속살을 보여 주기 싫은가 보다.

텃밭에서 자란 우리 식군데
모두들 가시를 세우고
가까이 오는 걸 경계한다.

부음訃音

뒷산에 큰 소나무가 죽었다.

칡넝쿨의 괴롭힘을 견디지 못하고
칭칭 감긴 채
조선 소나무가 죽었다.

끊임없이 조여 오는 압박에
숨이 막혀 뿌리도 줄기도
힘없이 허공에서 눈감고 있었다.

커다란 괴로움은 차라리
나를 단련시키지만
날마다 일어나는 사소한 고민은
나를 지치게 한다.

칡넝쿨같이 끈질긴 일상들이
나를 얽어매고 동여매어도
겨울 소나무같이 청정하게
푸른 잎 돋아 나기를 기도한다.

한때

고추가 익을 때까지
얼마나 뜨거운 햇볕을 견디었을까

한때 뜨겁게
농촌 총각을 사랑한 죄밖에 없는데
도시처녀
땀을 비 오듯이 쏟는다.

하나 둘 고추를 따다 보니
손가락이 마디마디 저려오고
뜨거운 열기가 안으로 들어와
몸은 불덩이가 된다.

고추가 익는 것처럼
인생이 익는 계절에
힘든 시간도
한때라고……

팽나무

학창시절 방학을 맞아
고향 어귀에 다다르면
제일 먼저 반기는 팽나무

언제부터 그 자리에 있었는지
아버지도 모른다던 쌍둥이 나무
세월의 무게만큼 이끼가 끼어
오르는 일을 허락하지 않는다.

나무 중간이 움푹 파여 있어
얼굴을 대고 말을 건네면
오래전 마을의 이야기가
뿌리 아래 깊은 곳에서 들려오고

바람이 불어오면 잎은 사각거리고
열매는 빨갛게 수줍은 미소로
말을 걸어온다.

네가 떠나 있는 동안에도
우리는 고향을 지키고 있었다고
너를 기다리고 있었다고.

겨울산

우뚝 솟은 머리에
몇 올 남지 않은 아버지의 머리카락
촘촘했던 젊은 날을 뒤로 한 채
겨울바람만 휑하니 빠져 달아난다.

앞으로 나아갈 적마다
무거운 등짐이 어깨를 짓누르고
무성한 칡넝쿨에 발이 걸려
한 발짝 옮기기도 힘들었던 나날들

무서리 내리고
마음이 고요해졌나 싶으니
이젠 기운 없어 눈앞이 흐리다 하셨지.

하얀 눈 소복하게 내리는 날
모처럼 풍성해진 아버지
젯상에 향불로 휘날리신다.

한 해의 경계에서

섣달그믐 날 자정
마당에 나와
하늘을 우러러본다.

어두운 밤
별은 총총 빛나는데
부질없는 욕심 켜켜이 쌓여
마음을 무겁게 한다.

바라는 게 너무 많아
마음이 무거워
욕심을 내려놓고
열심히 살아온 나를 위로하며
새해에는 빈 마음 가득하기를
하늘 우러러 합장하며 기원한다.

바윗돌

우리 집의 역사를 알고 있다.

이 터에 처음 집을 짓던 날
우리 형제들이 태어나던 날
큰소리 치면 무섭기만 하던
할아버지께서 치매에 걸리셨던 모습을.

도시로 나가서 살고 싶어 했던
아버지는 안방에서 눈 감으시고
이 터에서 살다 끝내
이 터에서 죽고야 말겠다던
어머니는 객지에서 돌아가셨지.

누이들이 바깥마당 차일 아래
수줍은 모습으로 혼례를 올리던 날에도
마당 한구석에서 묵묵히 지켜보더니
모두가 떠나간 후
그 자리를 지키고 있지.

헌 집은 허물어져 흔적도 없고
다시 태어난 새 집으로
후손들이 돌아온다.

이제는 당당하게
화단으로 자리를 옮겨
우리집 수호신이 되어
후손들에게 역사를 길이 전하라.

도마

우리 집에 온 지
20여 년 된 박달나무 도마
반반하던 모습에도
잔주름이 늘었네.

시어머니 칼날을
말없이 견디어내고

세상살이 힘들 때마다
더욱 세차게 상처를 받았지만
그래도 묵묵히 견디어 주었지.

이젠 시어머니도 떠나시고
고왔던 나도 많이 변했지만
변함없이 곁에서 나를 위로하며
상처를 보이지 않는 생활의 동반자
그대 있어 내 상처도 무늬가 되었네.

홀잎나물

이른 봄
대지가 아직 잠 깨기 전
가장 먼저 순을 내밀어
삭막한 세상에
봄을 알린다.

삼월이면 어머니는
겨우내 묵은 음식만 먹은
식구들에게 새 반찬으로
홀잎나물을 무쳐 내놓으셨다.

갓 시집 온 며느리는
먹어본 적 없어 망설이던
풋풋하고 아린 맛

줄기에 붙은 화살 같은 날개로
가장 먼저 왔다가
가장 늦게 가장 붉게 물드는
어머니의 가을 빛

시간이 흘러 다시 봄 오면
그 투박한 손으로 조물거려 내놓으시던
홑잎나물 생각이 간절해지리.

씨간장

미역국을 끓이며
간장으로 간을 맞춘다.
참 오묘한 맛이
어머니의 사랑으로 다가온다.

어머니는 떠나셨지만
손맛은 간장으로 남아
매년 첨장을 한다.

정이 이어지듯
핏줄이 이어지듯
장맛으로 이어지는
인연

소멸하면서 생겨나듯
육신은 사라져도 가르침은 남아
어깨너머로 배운 맛깔스런
삶의 지혜가 안에서 머문다.

시어머니 텃밭

이십여 년 전
시어머니 모시고 시누이가 사는
미국 후로리다에 갔을 때 땅이 너무 넓어 놀랐다.

우리가 살아가는 데 얼마나 많은 땅이 필요할까.
평생 천안 땅을 벗어나지 못하시던
시어머니는 죽어서도 천안 땅에 누워 계시는데

자식들을 위해 텃밭에 채소를 심고
지극정성으로 돌보시던 어머니
채소들도 그 사랑을 받아
탈 없이 잘 자랐다.

여름이 끝나갈 무렵에 심은 김장배추
보일 듯 말 듯 작은 씨앗이
어머니의 정성으로 어린 싹을 터트리고
어느덧 땅기운을 받아
무성하게 자랐다.

우리 땅에서 자란 배추와 미국에서 자란 배추는
생김새는 비슷하지만 맛이 달랐다.

어머니 사랑 같은 땅 기운을 받아
고소한 한국 배추처럼
우리 자식들도 고소한 사람이 되라고
지금도 하늘나라에서 기도하고 계시리.

주먹밥

거침없이 오르던 산길
어렸을 적 형제가 오르던 길
장화 신은 발로 터벅터벅 오른다.

큰 바위 위에 줄을 매고
아래로 낙하하는 동생은
바위에 붙은 석이버섯을 따고
형은 줄을 잡고 잠시도 눈을 떼지 못한다.

비 오듯 땀을 쏟은 형제의 작업이 끝나고
시원한 물가에서 천진한 소년이 되어
엄마의 근심어린 얼굴을 떠올린다.

허기를 달래려 준비한 주먹밥
한 입 베어 무는데 엄마가 아른거린다.
지금은 계시지 않는 엄마의 눈물 밥이.

아버지를 기리며

아버지는 나를
살림 밑천이라고
언제나 자랑하고 다니셨다.

"제 큰 여식입니다. 예쁘고 총명하지요"
늘 이렇게 소개하셨기에
나는 내가 정말 잘난 줄 알고 살았다.

세월이 강물처럼 흐른 후
아버지의 마음을 알게 되었다.
아버지의 사랑으로 용기를 얻었고
세상을 바르게 보는 눈을 얻었다.

내 아이들은 성품이 좋지만
나는 매일 잔소리를 하며 산다.
내 욕심이 지나쳐서
성에 차지 않는 것을 모르고…

나는 언제쯤 아버지의
너그러운 인품을 닮을 수 있을까.

나는 오늘도
부족한 자신을 돌아보며
이제는 곁에 계시지 않는
아버지를 그리며 다시 배운다.

내 아들딸들은 모두가
내 삶의 소중한 밑천이라고.

두 바퀴 세상

아버지의 젊은 날은
앉지도 못하고
선 채로 온 힘을 다해
페달을 밟아야 돌아가는
두 바퀴 세상이었습니다.

온종일 내달려도
지칠 줄 모르던
시간과 공간
은마(銀馬)는 천리마였습니다.

안장 뒤 짐받이에
어린 딸을 태우고
동네를 한 바퀴 휘이 돌면서
시름을 잊곤 하시던 아버지

당신의 가르침은
언제나 치우치지 않는
중심 자세,
나는 오늘도
삶의 균형을 잡기 위해
마음의 페달을 힘껏 밟습니다.

여름밤

여름방학이 되면
고향으로 가는 기차
차창 밖으로 흘러가는 풍경은
온통 푸른 물결이었다.

영산포역에서 내리면
딸을 마중 나온 아버지
얼굴에 피는 환한 미소에
우리는 피로를 잊었다.

30리 길을 걸어갈 때
나는 아버지의 체면과
서울 여학생의 품위를 잃지 않으려고
무던히도 애를 쓰곤 했다.

저녁 때 도착한
고향집 마당에는
모깃불 알싸한 연기
맷방석에 둘러 앉아 먹던
팥 칼국수가 일품이었다.

여름밤은 고향 집처럼
포근히 나를 감싸
긴장감을 내려놓게 한다.

창밖의 여자

어두운 하늘에서 휘몰아치는 눈
작은 창문을 통해 그녀가 걸어온다.

손을 입김으로 연신 불어대며
얇은 옷에 고무신을 신고
우리 집 앞을 지나가고 있다.

지난밤에 나와 다퉜던
아버지의 여자였다.
무엇을 견디기 어려워
이른 아침 길을 나선 것이었을까.

한참을 지나 다시 보니
머리에 두른 스카프가 바람에 휘날려도
초라한 모습으로
앞산 중턱을 넘어 가고 있었다.

추위보다 견디기 어려운 모멸감은
두고두고 가시가 되었으리라.
오랜 시간 아물지 않는 생인손이 되어
이유 없이 시름시름 앓다가
먼 길 떠났으리라.

그 날을 생각하면
부끄러움에 얼굴 화끈거리고
가슴 한켠이 짠하게 아려온다.

단비

아침이 오는 게 두려웠다.

남편의 사업이 힘들어
매일 빚에 시달려야 했다.

어느 날 전화가 걸려왔다.

아들이 그토록 원하던 대학에
합격했다는 통보를 해 왔다.

네 식구가 어깨를 들썩이며 울었다.

심한 가뭄 끝에 내리는 비가
온 대지를 적시듯
그날 이후 모든 일이 잘 풀려 나갔다.

고통의 시간이 지나간 뒤
메말라 앙상했던 마음에
촉촉하게 단비가 내리듯
가족의 꿈들이 순하게 영글어 갔다.

제3부

히잡을 쓴 여인

그 사람

복숭아를 보면 그 사람 생각이 난다.

친구 먹이겠다고 원주에서
남한산성까지 먼 길 달려온 사람

급하게 달려오느라 숨을 헐떡이며 웃던
그의 볼은 복숭아 빛깔이었다…

급한 마음에
냇물에 씻어
베어 먹는 순간
느껴지던 행복감

이제는 그 사람
먼 길 떠났지만
세월이 흘러도 추억은 뚜렷해져

붉은 빛깔만 봐도 떠오르는 그 사람
밝은 빛을 주고 간
그리운 그 얼굴

끝물 엽서葉書

산들 바람을 타고
뒷산에서 툭 하고 떨어진
상수리 한 알
장독대에 날아든다.

반가운 마음에
손바닥에 올려놓으니
좌정한 불상처럼
흐트러짐이 없다.

한여름
땡볕과 비바람을 지나
나에게 온 선물인가
문득 문득 찾아드는
인생길 외로움을 달래어 준다.

끝물 드는 계절에
제 역할을 다하고
날로 깊어지는 사연들
장독대에 가랑잎이 쌓인다.

계단에서

다리를 다치기 전에는 몰랐다.

내 앞에 놓인 수많은 계단
오를 때보다 내려갈 때
훨씬 힘이 든다는 것을.

급하게 오르던 계단을
지팡이를 짚고 내려가며
숫자를 세는 버릇이 생겼다.

앞만 보고 쉼 없이 살아온
인생을 내리막길에서 헤아리게 되었다.

늘 앞에 있는
멋있는 사람만 바라보았다.

그들을 따라가느라
턱밑까지 숨이 차올랐었다.

인생도 오를 때보다
내려갈 때 더 힘이 들겠지.

이제 뒤를
돌아보리라.

뒤처진 누군가의 손을 잡고
사랑의 꿈을 꾸는 세상을 향해
앞으로 뚜벅뚜벅 걸어가리라.

쓸쓸함에 대하여

내 집인데도 익숙하지 않은 느낌
현관문을 잠가 보아도
두려움이 가시지 않는다.

그이를 입원시키고
혼자 맞는 밤
어둠만큼 내 마음도 까맣다.

수많은 생각이 꼬리에 꼬리를 물고
잠 못 드는 밤
미움은 안쓰러움으로
작았던 존재감이 우주처럼 커진다.

그이와 헤어져 있어 보니 알겠다.

있을 땐 당연한 줄만 알았던
그이 그늘이
늘 나를 감싸는 빛이었음을.

빈 자리에 쓸쓸함이 어둠처럼 들어찬다.

기찻길

내 마음은 늘
두 길 위에 서 있었다.

쓸쓸한 마음은 합쳐지지 않고
그리움도 두 갈래로 나뉘어
가슴에 구멍이 뚫린 채
어린 날을 보냈다.

어린시절
서울에서 영산포까지
가는 길은 그리움이었고
돌아오는 길은 쓸쓸함이었다.

돌아올 방학을 기다리던
외로운 서울의 이방인
사랑하는 사람을 만났을 때
벚꽃 휘날리는 진해를 향해
기차를 타고 달렸다.

어느덧 은퇴한 그이가 귀향한 후
금요일 저녁 때면
서울 사는 나는
용산에서 천안까지
또다시 기차를 타고 오간다,

나는 아직도
두 길 위에 서 있다.

짐

퇴근길에는 언제나
마트에 들러 장을 본 뒤
무거운 짐을 양손에 들고
아파트 엘리베이터에 오른다.

아침 출근길에는 늘
음식물 쓰레기 재활용 봉투를 들고
엘리베이터에서 내린다.

주말이면 종종
고향에서 농사 지은 곡식을 나르는데
팔 근육이 풀리고
쥐가 날 때도 있다.

잡다한 일상의 짐들은
어깨를 짓누르지만
내 인생의 십자가
그래도 양손이 묵직할 때
마음만은 천국처럼 환해진다.

통장과 인생

통장을 보며 일 년을 정산한다.

어머니 용돈, 적금
축의금, 조의금. 보험료, 책값…

월급이 들어오는 날은 화사한 봄날
활짝 피었다 눈처럼 날리는 벚꽃처럼
금방 흩어지고 마는 청춘인가.

가난한 월급을 쪼개
어렵게 부은 적금은 종자돈 되어
잎 무성해진 여름을 선물했다.

인생의 가을이 다가와
상념이 낙엽처럼 우수수 떨어질 때
쪼개어 부은 보험금에 기대어
쓸쓸한 날들을 견디며 살아간다.

마음은 어디까지 비어 가는가
나는 제대로 살고 있는지
어떻게 살아야 사람답게 사는 삶인지

바야흐로 삭막한 겨울이 다가오는데
내 인생통장의 시간은 얼마나 남아 있을까
마음속 해답을 찾기 위해 책을 펼친다.

상실

한쪽 가슴을 잃었다.

죽는 것보다는 낫지 않느냐고
스스로 위로하지만
헛헛한 마음을 가눌 길 없어
긴 한숨을 내어 쉬었다.

칭칭 감겨진 붕대를 풀던 날
차마 내 모습을 볼 수 없어
고개를 돌렸다.

산다는 게
이렇게 버거운 것인가.

살아갈수록 하나씩 잃게 되는 밝음
잃어갈수록 쌓여가는 그리움

통증이 사라지고 살만해지니
잃은 시간의 그리움
마음의 상처가 커져만 갔다.

무엇이 소중한 줄도 모르고
풍선처럼 가볍게 살아왔던 시간들
회한의 눈물로 빈 가슴을 채운다.
다시는 빛을 잃지 않으리라고.

강을 건너는 일

기차를 타고
한강교를 건널 때
깊이를 알 수 없는 물이
그대의 낭만처럼 찰랑거린다.

밤이면
강물에 비친 조명등
한때 사랑했던 풍경을 돕고
청춘처럼 출렁이는 물결은
그대의 마음처럼 흔들려

건널 수 없는
강을 건너간 사람
그리움은 깊이를 헤아릴 수 없고
흔들리는 마음을 붙잡지 못한 나는
쓸쓸함에 옷깃을 여민다.

친구 1

여고 1학년 때 만나
평생 내 맘 속에 자리잡은 친구

소박하지만 속이 깊고 단단하여
잘 사는 줄 알았는데
이혼하고 싶다고 하소연을 한다.

여린 구석이라곤 없는 줄 알았는데
민들레같이 강한 생명력으로
그간 살아온 얘기를 하며
눈물을 펑펑 쏟는다.

너의 남편은 보석을 몰라본다고
위로하며 꼭 안아준다.

꽃받침처럼 야위어진 어깨가 들썩인다.
그래도 조금만 더 참아 보라고
등을 두드리는데 손끝이 저려온다.

삶은 이렇게 아프고 저린 것인가
나이를 먹는 민들레 이파리처럼
고난을 참고 견뎌내며
대지 위에 희망의 홀씨를 뿌리는가.

친구 2

여고시절 만난 나의 친구
말씨가 참 예뻐
함께 있으면
내 마음까지 따뜻해진다.

나의 말씨는 송곳 같아서
상대방을 아프게 하는데
그녀의 말씨는 매끈하여
거센 물살에 깎인 조약돌 같아

사람을 가리지 않고
마음을 내어주고
손을 잡아주는
어두운 바다의 등대와 같아

멀리 있어도 든든하게
길을 환하게 밝혀 주는
그 친구를 닮고 싶다.

영산포에서

가을비 내리는
영산강 포구 홍어마을에서
오랜만에 만난 친구와
코끝이 찡한 홍어를 먹고
코끝이 찡한 옛 이야기를 나눈다.

그 많던 친구들은
꿈 찾아 도시로 떠났지
부모님의 걱정을 덜어 드리고
동생들 뒷바라지하려고
날마다 야근하고 휴일을 반납했지.

갈대숲이 우거진 포구는
현대화 되어 옛모습은 희미해졌지
우리들의 마음속에 자리 잡고
살아가는 데 울타리가 되어주었지.

영산강 포구는
소꿉친구들을 생각하게 하고
딸자식을 마중 나와 기다리던
아버지의 미소를 떠오르게 하며
아픈 추억을 가슴에 새긴다.

소정리 역에서

눈발이 날리는 아침
소정리역 대합실엔 적막이 흐른다.

한때 통학하는 학생들을
따뜻하게 맞아주던
난로는 사라지고
북적이던 우리들의
언어도 사라지고
오래된 침목 위에
침묵처럼 쌓이는 눈

눈 위에 발자국을 남기며
아침 8시 40분에 정차하는
기차를 타려고
건널목을 건너는데

교복 입은 친구들의 웃음소리
남학생들의 짓궂은 놀림
귓전에서 맴돌고
울컥, 그리운 추억 속에서
타는 장작 난로에
눈시울이 발갛게 물들어 간다.

커피와 오징어

그윽한 원두향을 음미하며
지인들과 마시는 커피 한 잔
그 속에 오늘 우리의
생활이 들어있다.

향기로운 추억을 쌓으며
한참 대화를 주고받는데
뜬금없이 오징어 장사가 들어왔다.

오징어 장사에게
나는 스무 마리를 샀다.

오징어를 질겅질겅 씹으며
시어머니와 남편을 떠올리면서
커피처럼 쓴 인생을 씹었다.

오징어는 씹을수록 깊은 맛이 났다.
뒤끝이 향기로운 커피와 함께

어울릴 것 같지 않은
커피와 오징어의 어울림처럼

남편과 나
시어머니와 며느리

현실은 쓰지만 뒷끝은 향기롭고
딱딱한 관계지만 친밀해질수록 맛이 난다.

목공의 꿈

– 내소사에서

전나무 숲길을 걷다가
대웅전으로 향했다.

부처님께 인사를 올리고
법당에 앉아 눈을 감은 채
마음속 상념을 털어낸다.

눈을 뜨고
다시 둘러보는 법당
천장에는 두 용이
여의주를 물고 승천하는 모습이
살아서 꿈틀거린다.

눈을 돌려 문을 보면
문마다 다른 연꽃
천년이 넘는 시간이 흘러
색상은 희미해졌지만
여전히 은은하게 피어나고 있다.

한 송이 한 송이 꽃을 피우고
용의 승천을 새기며
중생들의 소원성취를 간절히 염원하던
먼 옛날 어느 목공의 혼이
눈앞에서 살아난다.

길
– 탁상라캉* 가는 길

나를 태운 말 '벤덤'
숨소리 거칠게
바싹 말라 깊게 파인 험한 산길을 오른다.

두려움을 내려놓고 등을 어루만지며
고맙다는 말을 손끝으로 전한다.

말에서 내려 다다른 카페
진한 홍차향이 이방인을 반기며
마음 편하게 안내한다.

손에 닿을 듯한 사원
다 올라왔다고 한숨 돌리지만
입장을 쉽게 허락하지 않는다.
계곡 건너편에 물러나 있어
내려갔다가 다시 올라오게 한다.

물소리, 바람소리, 기도소리만 있는 곳
한 발 한 발 숨죽여 내딛는다.

누가 매달았을까
경전이 적혀있는 룽다**는 절벽에서 펄럭이고
순례자들의 합장은 길 위에서 간절하다.

우리의 삶,
원하는 것을 향해 걷고 또 걷지만
손에 잡힐 듯 가까이 왔다고 생각하는 순간
다시 아득하고 허망함이 밀려온다.

* 탁상라캉 : 부탄의 가장 대표적인 사원.
** 룽다 : 오색천에다 "옴마니반베훔"같은 진언이나 불교 경문을 쓴 깃발.

게르

- 몽골에서

풀을 찾아 떠돌면서
욕심을 내려놓고 자연에 순응하는
눈빛이 맑은 사람들

밤이면 천장에서 별들이 쏟아지다가도
아침에는 햇빛에 눈이 부셔 잠이 깨는 집

나무를 태우는 장작난로에서
따스함이 전해지고
난로 위에 남은 열기로
방금 짠 양젖을 치즈로 만들며
경계심 없는 얼굴로 이방인을 맞는다.

억센 손으로
오래된 그릇에 치즈를 담고
거친 빵을 수줍게 내어 놓으며
그을린 얼굴에 잔잔한 미소를 띄운다.

대대로 내려온 나무 가구들
단촐하지만 화려한 문양은
오래도록 손때 묻어 광채가 나고
양털 침대는 정갈함이 묻어난다.

저녁 바람이 불어오는 시간
여인은 문을 열고
저 멀리 사막과 초원을 응시한다.

낙타를 타고
양쪽에 여러 마리 낙타를 데리고 오는 아들과
양 떼를 몰고 오는 남편을 바라보며
초원의 하루를 마무리한다.

뼈 피리

소녀는 사라지지 않고
소리를 남겼다.

정강이뼈에서
맑은 영혼의 소리를 남겼다.

몽골 역사박물관에 전시된
뱀가죽 악기 옆에 놓인
가냘픈 뼈 피리

수많은 세월이 흘렀어도
흐르는 윤기는 변함이 없다

소녀의 뼈에서는
어떤 청정한 소리
애잔한 울림이 울리기에
16세를 고집했을까

몽골 전통 공연장에서
갖가지 악기 소리
눈을 감고 듣다가
돌연 가슴을 치는 소리에
내 영혼이 깨어난다.

맑고 가냘픈 소리로
소녀가 살아난다.

이슬람 사원

견고한 원형 지붕 아래
수많은 사람이 모여 기도를 올린다.

그 기도가 둥글게 말아져
하나하나 하늘로 향한다.

두 개의 둥근 탑은
하늘로 향할수록
뾰족하게 솟아있어
그 끝에서 신과 접선하는가

하루에 다섯 번씩 울려 퍼지는
기도 시간의 알림
신도들은 모두 하던 일을 멈추고
사원을 향해 무릎을 꿇는다.

비우고 또 비우고
가슴 밑바닥까지 다 비워
신께 올리는 간절한 염원
순수한 공기가 되어 하늘로 오른다.

히잡을 쓴 여인

검은 롱 드레스
얼굴을 온통 가린 히잡
가느다란 틈새로
검은 눈동자가 반짝인다.

온통 검은색으로 뒤덮여
모습은 알아볼 수 없지만
몸짓에서 눈빛에서
기품이 흘러나온다.

세상을 향해
힘찬 발걸음을 내딛으며
눈빛으로 말하는
이슬람 여인들…

솟아나는 욕망은
검은 천으로도 가릴 수 없어
내일을 향한 그녀들의 도전이
밤하늘 별빛처럼 반짝인다.

제4부

연등을 밝히며

뼈

뼈가 말을 한다.

간절하게, 온 힘을 다하여
모든 게 녹아 사라져도
수많은 시간이 흘러도
어느 순간, 존재를 드러내고야 만다.

소년병은 죽어서도 말을 한다.

천 년 동안 빛을 못 본
순장됐던 소녀도 모습을 드러낸다.

삼천 년 전 남편을 혼자 보내지 못한
아내의 그윽한 눈길도 다가온다.

인류 조상의 삶
뼈가 흔적을 남겼다.

휴휴암休休庵에서

동해바다에 누워계신 채로
언제부터인지 알 수 없는 아득한 세월에
파도에 시달리고 비바람에 시달리면서도
인자한 모습 잃지 않으시는
부처님! 오늘도 반기시네.

기도드리던 거북이는
부처님 곁을 떠나지 않고
동순동자의 화신이 되어
영원한 휴식을 취하는데

바닷바람 맞은 해당화는 고운 빛으로
수줍은 미소 지으며 속삭이네.

보살님! 또 오셨군요!
지난번 다녀가실 때
다시 오신다 하여 기다렸습니다.

마음이 서늘해지는 휴휴암에서
날마다 반복되는 나의 삶을 돌아보네.

제대로 사는 건지
바라는 소망이 욕심은 아닌지
무심코 하는 언행이 상처가 되는 건 아닌지

언제든 또 올 수 있기를
다시 휴휴암을 찾을 때면
보다 성숙해 있기를 기도드리네.

연등을 밝히며

꽃잎을 한 잎 한 잎 정성껏 붙인다.

꽃잎마다 서원을 담아
건강하기를, 좋은 대학에 합격하기를
좋은 대학만 가면
걱정이 끝나는 줄 알았다가
또다시 기원한다.

좋은 직장에 취업하기를
그리고 또 좋은 배우자 만나기를

남편이 고생하는 건 당연하다고 하면서도
아들이 직장에서 돈 벌어 오는 건
왜 이렇게 마음이 짠한지
아침 일찍 집을 나서는
아들의 뒷모습을 떠올리며
광명의 등 지혜의 등 자비의 등
불을 밝혀 기원한다.

모든 사람 마음속을 환하게 밝히고
나의 마음을 정화시켜 주시기를
이 세상 어두운 곳에 불을 밝힐 수 있기를
나의 작은 힘이 누군가에게 위로가 될 수 있기를
기쁜 마음으로 세상을 바르게 살기를
기쁜 마음으로 세상을 열심히 살기를.

대물림

온누리 푸르른 초여름
백련산에 오르니
천년고찰 백련사가 좌정하고 있었다.

천년 넘은 산사가 인연이 닿아,
법당에 앉아
합장하며 소망을 한다.

눈을 감으면 천년 전
불자들의 숨소리가 들리는 듯
영이 엄마도, 언년이 엄마도
자식들 잘 되게 해 달라고
온 가족 무탈하게 해 달라고
빌고 또 빌었겠지.

지조 높은 충신들은
반듯하고 부강한 나라가 되게 해달라고
머리 숙여 기원했겠지.

그들의 소망 이루어졌다면
나의 소망도 이루어지리라
그들의 염원이 있었기에
법당에 앉을 수 있으니
나의 후손도 후일 이 법당에 앉아
나의 숨소리
나의 기도 느끼게 되리라.

목면木棉 시배유지始培遺址에서

나의 무명옷에서
문익점 선생을 바라본다.

원나라 사신으로 갔다가
돌아오는 길에
헐벗은 백성들을 생각하여
붓대 속에 넣어온 목화씨 몇 알이
온 나라에 퍼져 백의민족이 되었다.

활짝 핀 목화에서 씨앗을 빼어내고
솜을 부풀려 한 몸을 이룬 다음
물레에서 실을 뽑아 가지런한 질서로
풀을 먹이면서 화덕불에 말리면
풀기 빳빳한 실이 베틀에 오른다.

베틀에 앉아 베를 짜는 아낙은
가족에게 새 옷 입힐 생각으로
씨줄 날줄 바꿔가며 북을 움직이면
베의 길이가 늘어나는 기쁨 속에
문익점 선생이 걸어오신다.

변신

서울에서 신의주까지 달리던
경의선 철도
남북 분단 이후
문산까지 밖에 달리지 못해 애가 타더니

이제 철길은 지하철이 되고
경의선 숲길이 되었다.

철길이 있던 자리는
공원이 되어 온통 연둣빛

아직 어린 나무들은 예쁜 꽃을 피우고
수줍게 미소 짓는다.

멀게만 느껴지던
길 건너 마을
공원에서 만나 담소를 나눈다.

백년이 넘은 세월 동안
소리 내어 달리던 기차를 잃고
허름해진 기찻길엔
침목만이 그때의 추억을 되새기고 있다.

월정리 역에서

철마는 달리고 싶다고 한다.

동토(凍土)를 향해서
북쪽으로
북쪽으로
원없이 달리고 싶다고 한다.

여기는 서울과 평양의 중간지점
수많은 철새들의 낙원
그들은 자유로운데
우리는 이념의 사슬에 묶여
눈앞의 길도 달릴 수 없다고.

역사 난간에
영순이와 내가 기대어 얘기한다.

분단(分斷)이 되기 전
친구들은 자유롭게 왕래했으리라.

눈앞에 펼쳐진 비무장지대
너무나도 아름다운데
우리는 언제쯤 자유롭게
북녘 땅을 밟을 수 있을까.

월정리 역에서 기차를 타고
평양으로 해주로
저 멀리 러시아 유럽까지
여행할 그날은 언제일까!

거미줄 풍경

이른 아침
현관문 이마에 걸리는
한 줄 길을 따라간다.

정교하게 설계된 사연 건축
이슬을 머금은 거미줄에
마음이 걸려 걸음을 멈춘다.

금방 끊어질 듯 약하디 약한
여러 겹 정교한 줄에
모기 잠자리 벌까지 걸려
죽음을 맞이한다.

부드러움이 강함을 이긴다더니
몸부림치는 먹잇감의 분노에도
휘어질 뿐 끊어지지 않는다.

유연한 줄을 타고
거미는 숨통이 끊긴 먹잇감을 바라보며
서서히 만찬을 즐길 뿐
주변의 시선에는 아랑곳하지 않는다.

뻘배

뻘배는 세월로 타는 것이지
힘으로 타는 게 아니다.

한쪽 무릎을 꿇고
한쪽 발로 힘껏 밀어야
나아갈 수 있는 갯벌

발이 푹푹 빠져
걸어서는 갈 수 없는
뻘밭에서
꼬막을 캐기 위해 무릎을 꿇는다,

여인의 몸으로 밀고 나가는
저 힘은 어디서 나올까?

질척한 삶의 저항을
끊임없이 밀고 나가는
겸손한 순명의 자세를 본다.

가발

젊은 여인의 머리카락이
내 정수리 위에 얹힌다.

지난 날 우리가 팔았던 머리카락들은
서양 사람들의 머리에 얹혔겠지.

메이드 인 코리아
대한민국의 이름 모를 여인의 머리카락이
베토벤이 되고 모차르트가 되기도 한다.

수출 효자 노릇을 하고
오빠의 등록금을 마련한
엄마와 누이의 탐스럽던 머릿결이
어느새 탄력을 잃고 숱도 사라졌다.

메이드 인 차이나
중국의 이름 모를 소녀의 머리가
오늘 내 머리 위에 얹혀
왕비의 자존심을 살려준다.

손

내 몸의 때를 밀며
나의 손을 덥석 잡는 손
손바닥이 우툴두툴 두터워
순간. 흠칫 놀랐다.

온종일 물 속에서 퉁퉁 불어
그대로 굳어져 버린
때밀이의 손

먼 나라에 와서 돈을 벌어 보겠다고
애쓰는 그 여인
내 손을 보며 웃는다

평생 일 안 하고 살았느냐며.
나는 새삼스럽게
내 작은 손에게 묻는다

그동안 얼마나 많은 일을 했느냐고.
손을 내밀어
위로하며 때밀이의 손을 잡는다.

그동안 고생 많았다고
당신의 손은 참으로 아름답다고.

바람이 데려간 아이

설 전 날
조용히 눈감은 아이가
우리 곁을 바람처럼 떠나갔네.

엄마는 늘
"하루라도 먼저 가야 한다."고
주문처럼 입에 달고 살았지만
앙상한 가슴에 구멍이 생겨
바람소리만 드나드는 생채기를 남겼네.

어린 날의 기억이 머물러 있던 아이
가족은 그 존재를 부끄러워했지만
그애의 머릿속엔 먼 친척의 이름까지 들어있어
과거를 소환할 때
그 누구도 당할 수가 없었네.

그 아이 떠나보낸 후에야
우리는 세상에 잠시 머물다 간
천사임을 알았네.

아버지가 달린다

퀵서비스 오토바이가 질주한다.

자동차들이 꽉 찬 도로에서
수많은 S자를 그리며
파도처럼 출렁이며 간다.

자신의 꿈은 접은 채
점심은 컵라면으로 때우지만
자식들은 잘 되기를 바라며
비가 오나 눈이 오나
도로 위를 곡예하듯 질주한다.

때로는 아들이 근무하는
강남 사무실에 배달을 가지만
초라한 모습 보이기 싫어
눈시울 붉히며 뒤돌아 나오는
부정(父情)

모두가 빠름을 요구하기에
몸은 점점 지쳐 가지만
언제나 소중한 사람에게
가장 빠르고 정확하게 전해주려고
아버지는 오늘도 쏜살같이 달린다.

노점상

전철역 앞 노점상들은
단속반이 호루라기를 불면
휘이 휘이 달아났다가
금세 제자리로 다시 돌아온다.

파리 떼 같은 삶을 살아도
꿈만은 야무져
집에서 기다릴 자식들 생각에
조그만 좌판을 조심스레 다시 펼친다.

가난을 대물림하지 않겠다고
오늘도 아랫입술을 깨물며
행여 아는 사람 만날까봐
모자를 눌러쓰고 열심히 손님을 부른다.

칡넝쿨

용산역 근처 무료 급식소에
서 있는 사람들 긴 줄을 보면
칡넝쿨이 생각난다.

여름철 뙤약볕 아래
잎이 바람에 흔들려도
뿌리는 힘차게 영역을 넓혀간다.

엄동의 모진 한파를 견디고
봄이 되면 다시 푸른 잎 살아나
많은 성장을 하고
뿌리는 더욱 알차고 단단해진다.

지금은 무료 급식에 의존하지만
향기로운 보라색 꽃을 피워
이 사회의 어두운 곳을 밝힐
그 날을 위해
칡넝쿨처럼 질기게 뻗어나간다.

목마른 나무

상가 건물을 부수고
그 자리에 호텔을 짓는다고 한다.

어떤 사람은
이 건물에서 많은 돈을 벌었고
어떤 사람은 망한 뒤 흔적도 없이 사라졌고
어떤 사람은 청춘의 추억만 남겼고
또 누군가는 성실함을 남겼다.

모든 것을 뒤로 한 채
거대한 포장이 둘러진
건물 옥상에는 정원이 보인다.

많은 사람을 위해 꽃을 피우고
그늘을 만들어주던 나무들이
갈증에 시달리고 있다.

점점 메말라 가는 나무
고개를 올려 옥상을 바라본다.

마음만 간절할 뿐
어쩌지 못하고 하늘만 쳐다보며
기우제를 지내는 인디언들처럼.

가을 하늘에

가을 하늘에
모과 하나 달려있다.

어린 날
꼬집던 사내아이
머리만 한 모과가
나를 웃기고 있다.

그는 왜
나를 꼬집었을까.

가을 하늘에
추억 하나 달려있다.

장맛비

하늘에서 물 폭탄이 쏟아지더니
불어난 물은 성난 흙탕물이 되어
모든 걸 쓸어갔다.

그이와 추억이 담긴 장롱은
그이가 떠난 후에도 애지중지
차마 치우지 못하고 간직했는데

장마 빗물이
집안으로 들어와
장롱은 불어 터지고
상견례 때 입었던 실크 블라우스는
누렇게 물들었다.

장독대 항아리들도 둥둥 떠다니고
옮기려 해도 꿈쩍도 않던 장항아리는
옆으로 드러누운 채 속을 다 비우고
와불처럼 태평하게 누워 있다.

붙들고 싶은 지난날은
나의 헛된 집착이었으리.
몸이라도 빠져 나왔으니
천만 다행이라 여기기로 했다.

어머니는

어머니는 나에게 늘
머리끝에서 발끝까지 예쁘다고 하신다.
당신 딸이 다섯이나 있는데도
유독 큰딸인 나에게 각별하시다.

어린 시절 공부시킨다고
도시 외가로 날 떼어 보내시고
눈이 짓무르도록 우셨다고 회상하시며
그래도 반듯하게 잘 살고 있는
너를 보면 오지다며 웃으신다.

어머니와 떨어져 지낸
어린 날이 지금도 가슴속에
외로움으로 남아 있다는 말
차마 하지 못하는 딸에게

늘 잘 한다
너는 잘 할 것이다
응원해 주시는 우리 엄마
영원한 내 편인 나의 어머니

지난날의 쓸쓸함은 이제
사랑으로 영글어
당신 편인 딸이 되어
엄마를 위로한다.

작품 해설

둥지와 하늘을 넘나드는 새

황송문

시인 · 전 선문대 인문대학장

김순심 시인의 시 세계를 단적으로 말하자면, 작품 「소금」과 「항아리」, 「도마」에 여실히 드러난 바와 같이 숭고미와 인정미학, 생활인의 순실(純實)한 자세다. 그의 시 「소금」에서는 "세상의 소금"이라는 종교적 차원의 순수 이미지가 대두된다. 이는 "인간의 영혼가운데의 순수한 소금을, 이 지상에서 보존하고 있는 것은 여자다움 뿐이다"라고 말한 M. 메테를링크의 지론과도 상통한다.

임자도 해변에서
태양열을 받아
찬란하게 빛나는
바다의 입방체였다.

넘치는 젊음을
햇볕에 내어준 뒤

짠 맛으로 살아남아
짤그락 짤그락 영글어 갔다.

수많은 시간을 묵묵히 견디고
다시 태어나
없어서는 안 될
소중한 존재

인류의 기도는
세상의 소금이 되는 길이다.
　　　　　　　　　－「소금」 전문

　여기에서는 바다의 입방체로서의 생명 창조를 보이고 있다. 그
것은 종교적 차원의 건강한 숭고미와 정화작용을 의미한다.

기다림에 허기지면서도
배가 부른 항아리 하나
구름이 빗방울로 내려와
물을 채워 놓고 간다.

그 속을 들여다 보면
낯익은 얼굴 하나
그윽하게 닮아 있다.

손이 닿지 않는 하늘
구름을 따라가면

그리운 얼굴
　행여 만날 수 있을까

　저 혼자
　흘러가는 구름 머물다 가는
　빈 항아리
　그리움의 배가 부르다.
　　　　　　　　 - 「항아리」 전문

　빈 항아리가 배가 부른 까닭은 그리움이 쌓인 탓이라는 발상이
경이롭다. 빈 항아리는 허허(虛虛)요, 그리움이 쌓이는 것은 실실
(實實)이다. 그러나 그렇다고 해서 채워지는 게 아니다.
　키엘 케고르의 지론을 참고하면 이해가 빠를 것이다.세속적 단
계에서 윤리적 단계로, 다시 종교적 단계로 향상할수록 욕망의 갈
등은 줄어든다는 지론이다.
　배가 부를 까닭이 없는 빈 항아리가 배부른 것은 견고한 생활인
의 자세에 연유한다. 가령 새로 비유하자면, 김순심 시인의 경우,
새가 창공을 나는 시간보다는 둥우리에서 알을 품는 시간이 많은
편이라는 데에 기인한다. 그래서 시가 과작(寡作)인지도 모른다.
　기다림에 허기지면서도 배부르다는 얘기는 항아리의 헛배(빈 배)
를 말한다. 이는 어처구니없는 아이러니다.외피는 배가 불러도 내
면의식은 고독과 쓸쓸함이 차지한 셈이다.결국은 구름도 머물다
가는 빈 항아리로서 그리움으로 배가 부른 것이다.

　우리 집에 온 지
　20여 년 된 박달나무 도마

반반하던 모습에도
잔주름이 늘었네.

시어머니 칼날을
말없이 견디어내고

세상살이 힘들 때마다
더욱 세차게 상처를 받았지만
그래도 묵묵히 견디어 주었지.

이젠 시어머니도 떠나시고
고왔던 나도 많이 변했지만
변함없이 곁에서 나를 위로하며
상처를 보이지 않는 생활의 동반자
그대 있어 내 상처도 무늬가 되었네.
　　　　　　　　　－「도마」전문

　　단단한 박달나무 도마가 의인화되어있다. 다음으로 이어지는 2
연은 도마와 김 시인이 동일시되고 있다. 바라보는 주체와 바라보
이는 대상 사이의 처지가 상사성(相似性)을 띄고 있기 때문이다.
"상처를 보이지 않는 생활의 동반자 / 그대 있어 내 상처도 무늬가
되었네."가 그것이다.

　　메말라 가는 고로쇠나무
　　옆구리 상처가 점점 커진다.

대지에 물이 흐르기도 전에
숨을 헐떡이며
온몸으로 물을 빨아들인 나무는
어머니의 젖처럼
달착지근한 물을 선물한다.

어머니의 젖줄로
자란 우리
윤기 자르르 오를수록
어머니 팽팽하던 피부는
고로쇠나무에 호스를 꽂아
수액을 받아내듯이
해마다 탄력을 잃어갔다.

철없는 자식들은
병원에서 수많은 링거를 꽂고 계신
어머니를 짐으로 알았다.

우리에게 모든 것을 주고
앙상한 삭정이로 메말라 떠나셨다.
                                    - 「어머니」 전문

　이 시에서는 고로쇠나무가 어머니로 의인화되고 있다. 고로쇠나
무 상처는 바로 어머니의 상처인 셈이다. 젊었던 어머니는 자녀들
을 기르는 동안에 노쇠하게 되고, 병실에서 신음하는 어머니를 외
면하는 자녀들은 부모불효사후회(父母不孝死後悔)라는 통념을 반

추하게 된다.

시 「겨울나무」 역시 앞의 시 「어머니」와 동류로서 의인화되고 있다. 삭정이가 되어가는 '겨울나무'나 노쇠해가는 노인의 대비가 실감으로 다가온다.

현대 문명사회는 속도전과 배금주의로 많이 변했다. 시간과 돈이 지배하는시대가 그것이다. "성인도 세속을 따라야 한다"는 말에 시인은 당황하기도 하고 적응하기도 한다.

시골은 도시의 끝이 되어 아파트단지가 들어섰다. 옹달샘도 사라지고 장독대도 사라졌다. 어머니와 딸아이가 손톱에 꽃물을 들이던 봉선화 꽃밭도 사라지면서 정서가 메말라 갔다. 처치 곤란인 항아리를 경비아저씨는 쇠망치로 바수어서 종량봉투에 넣어서 버리라고 말한다.

그러나 시인은 무심코 깨뜨려 버릴 수가 없다. 그렇다고 과거의 옹달샘 가로 돌아가 살 수도 없다. 그러나 우리 가슴 속에 봉선화 화단과 향나무 샘을 가꾸면서 살아야 한다.

경비아저씨가 쇠망치로 항아리를 깨뜨려 종량봉투에 담아서 버리라고 말할 때 시인이 그 생활 문화재를 쇠망치로 깨뜨린다면 오랜 세월 애지중지하던 할머니와 어머니가 깨지는 비명을 알아야 한다. 물질이 사는 게 아니고 사람이 사는 세상이기 때문이다. 그래서 시인은 사람의 마음을 아름답게 하므로 소중하다.

이와 관련하여 김순심 시인의 시를 살펴보면, 시의 본질을 옹호하는 쪽에 속한다. 쇠망치로 항아리를 깨뜨리기보다는 베란다 좌대에 놓고 관상하는 쪽이다. 그리고 아파트 베란다 작은 공간에서라도 봉선화를 가꾸는 쪽이다

무성하던 잎들

바람에 날리고
앙상한 뼈만 남았다.

속을 비운 뼈는
찬바람에 노출된 정강이
쓰리고 아픈 나무 끝으로
가늘게 이어진 혈관들
끊어지지 않으려고 붙들고 있다.

꼿꼿한 자세로
눈길 한 번 허투루 주지 않은 채
땅심에 힘을 모아
혹독한 계절을 견딘다.

수술을 마치고 요양 중인
겨울나무 한 그루
다시 피어날 날을 기다린다.
　　　　　　　－「겨울나무」 전문

　쓸쓸하고 고독한 노인이 연상되는 '겨울나무'다. 과거를 돌아보
고 미래를 기대하는 의지가 담긴 작품이다. 겨울은 내면의 계절이
라는 말도 있다. 외부 세계가 움츠러들면 내면세계가 확장되기 때
문이다.
　H.D.소로는 "인간은 이제 그들이 쓰고 있는 도구의 도구가 되
고 말았다"고 했다. 전도 현상(顛倒現象)이다. 이러한 현실에서 생
활과 시의 병용은 단순하지 않다.

이제 나의 관심사는 가정과 사회 생활인으로서의 김순심과 시인으로서의 김순심이다. 그는 가정생활과 사회생활에 잘 적응하는 것으로 알고 있다. 그리고 시 창작의 경우는 과작(寡作)이다. 그런데 과녁을 맞추는 과작이다. 과녁을 맞추지 못하는 다작(多作)보다는 과녁을 맞추는 과작을 높이 사는 나로서는 다행이라 여긴다.

만일 김순심 시인이 다작했다면 가정생활과 사회생활에 지장을 초래하여 시 창작에도 어려움이 따를 수도 있겠다는 생각이 든다. 그런 의미에서 다행으로 여긴다.

이제부터는 김순심 시인이 가정과 사회에서 생활하는 동안에 어떤 제재를 택했는지, 생활 도구로서의 제재(題材)를 살펴보고자 한다.

엄마는 앓아 누우셨다.

10년을 가족과 함께한
살림 밑천 1호인 우리 집 누렁소는
트럭에 실리지 않으려고 몸부림쳤다.

차가 출발하자
소는 크게 한 번 소리치고
사방을 둘러보더니
큰 눈에 물기가 고였다.

딸아이 중이염이 뇌까지 파고들어
머리가 아프다고 펄펄 뛰자
큰 병원에 가려고
우리 집 누렁소를 팔아야 했다.

우리 가족은 기도했다.

동생이 수술을 잘 받게 해달라고
우리 집 누렁소가
다음 생에 극락왕생하게 해달라고.
　　　　　　　　　－「누렁소」 전문

'경험의 보석'이라는 말이 있다. 경험을 포착하여 체험으로 승화
시켜 표현한다면, 특별한 기교가 없어도 독자는 감동하기 마련이
다. 이 시에는 인정미학(人情美學)이 지극하다. 소와 사람이 한 가
족이요 식구다. 대개 이쯤 되면 흥분하여 센티멘털에 빠지기 쉬운
데, 감정을 절제하여 주관의 객관화 과정을 잘 넘겼다.

부모님의 유산이라 그러는지
겉은 차가워도 속은 따뜻하다.

대야에 물을 담고 들여다보면
할머니 아버지 얼굴이 떠오르고
보물인 양 반질반질 닦아대던
어머니의 젊은 날도 보인다.

로맨티스트였던 할머니
대야 물에 손 적시어 머리에 바르고
얼레빗 참빗으로 곱게 빗어 넘겨
얌전한 가르마 정갈하게 타셨다.

밖으로만 돌던 아버지
일이 잘 풀리지 않을 때면
애꿎은 대야를 걷어차곤 하셨지

그 소리에 긴장한 우리 형제들
엄마 품속으로 파고들어
숨 고르던 기억을 더듬어 간다.

이제는 내 곁에서
지나간 시간을 숨 고르는 중이다.
— 「놋대야」 전문

제일 안전한 피난처는 어머니의 품속이라고 한 플로리앙의 말이
떠오른다. 어머니는 원초적으로 숭고한 힘을 지녔기 때문이다. 이
슬람 고행승의 속담 가운데는 "천국은 어머니의 발밑에 있다"는 말
까지 있으니 더 말할 나위도 없을 것이다.

첫 아이 임신했던
그 해 여름
슬레이트 지붕 열 받은 방에서
땀을 흘리며 살았다.

군인 월급으로는
감당하기 힘든 생활에
숨이 막혀도
그때 선풍기는 너무 비쌌다.

바람 없는 나날들
수많은 땀방울을 쏟아내며
얼굴에는 기미가 끼었을 때
태어난 아들아이가
시원한 바람을 데리고 왔다.

남편이 뒤늦게
친구에게 돈을 빌려
마련한 바람 기계
흔한 가전제품이 아니라
빛나는 추억의 선풍기.
- 「선풍기」 중 일부

고난은 세탁비누와 같다고 했다. 손빨래 시절의 이야기다. 세탁물을 비누로 치대면 치댈수록 그 옷이 깨끗해지듯이, 고난을 선량하게 겪으면 겪을수록 그의 인생은 깨끗해지고 아름다워진다는 설은 진리다. 고락(苦樂), 고(苦)와 락(樂)은 함께 있다 하겠다. 고(苦) 있는 곳에 낙(樂)이 있고, 고 없는 곳에 낙도 있을 수 없다는게 진리다.

유리창 너머로
마지막 남은 뼈가
하얗게 보였다.

울다가 쓰러진 모녀의 안색도
뼈처럼 하얗게 변했다.

기계 돌아가는 소리 들들들
한 줌 가루로 유골함에 담긴다.

죽음이란
한줄기 커피 향처럼
진하게 스미는 삶의 향기인가.
　　　－「커피 향이 흐르는 화장장」 중 일부

'죽음'과 '커피 향' 이 두 언어는 어울리지 않는 간격이 있다. 김순심 시인은 이 간격을 포착하고 건너뛰는 아이러니를 보였다. 이런 파격은 가정에서 사회로 확대하고 건너뛰는 변화를 보인다. 여류시인으로서는 용기 있는 발상이다. 대부분 여류시인은 가정의 범주를 벗어나지 못한다.

고향 사람을 만나는 일은
시린 가슴을 덥히는 일

세상이 아무리 변해도
고향 사람을 만나면
아궁이 속 꺼지지 않는 불씨가 타올라
냉가슴 냉돌방을 데운다.
　　　－「고향 사람 1」 중 일부

언어(모국어)란 해당 민족(국민)의 얼이 담긴 약속이다. 그래서 어머니는 고향이요, 조국이며 향토애로 통한다. 김순심 시인의 시 「고향 사람」은 향토정서로 차 있다.

고향 사람을 만나는 일은 시린 가슴을 덥히는 일이요, 보물을 꺼내어 보는 일이며, 가슴속 냉돌방을 데우는 일이라고 했다. 이는 시의 본령에 닿아있는 휴머니즘이다. 그동안 모든 분야가 그래왔지만, 심지어 예술계까지도 속도전과 돈에 눈이 어두워 자아(自我)를 잃는 이가 적지 않다. 이러한 차제에 김순심 시인의 시「고향 사람」은 참으로 눈물겹게 반갑고 고맙다.

이제까지 김순심 시인의 시 10편을 중심으로 작품 세계를 살펴보았다. "생활이 산문이라면 여행은 시"라는 말이 있다. 시(詩)는 새처럼 날아야 한다. 창공으로 날지 못하면 닭처럼 생활에 만족하고 만다.

김순심 시인은 다행스럽게도 닭처럼 생활에 충실하면서도, 하늘을 나는 새가 되어 시를 낚았다. 문학(문예 창작)은 인내가 필요하다. 앞으로 생활에 충실하면서도, 또 과작이면서도, 창작 활동을 계속한다면 금상첨화(錦上添花)라 하겠다.

문학사계시인선 · 056

도마 소리에 배부른 항아리

초판인쇄	2023년 11월 9일
초판발행	2023년 11월 16일

지은이	김순심
펴낸이	황혜정
펴낸곳	문학사계
	서울특별시 종로구 종로66길 20,
	계명빌딩 502호
전화	010-2561-5773
이메일	songmoon12@hanmail.net
등록일	2005년 9월 20일
등록번호	제318-2007-000001호

배포처	북센(031-955-6706)

정가 9,000원

ISBN 978-89-93768-00-8 (03810)

파본은 구입처나 본사에서 교환해드립니다.